LE PATRE DU VALLON

ÉPISODE AU XIXe SIÈCLE

SUIVI

D'ESSAIS ET DE PIÈCES ÉLÉGIAQUES

PAR JULES DUPUIS

...... Nec solos tangit Atridas.
Iste dolor.
(VIRG., l. IX.)

PARIS
E. DENTU, LIBRAIRE-ÉDITEUR
PALAIS-ROYAL, 13, GALERIE D'ORLÉANS
1858

LE

PATRE DU VALLON

ÉPISODE AU XIXe SIÈCLE

PARIS

IMPRIMERIE DE L. TINTERLIN ET Cᵉ

RUE NEUVE-DES-BONS-ENFANTS, 3.

LE

PATRE DU VALLON

ÉPISODE AU XIXe SIÈCLE

SUIVI

D'ESSAIS ET DE PIÈCES ÉLÉGIAQUES

PAR JULES DUPUIS

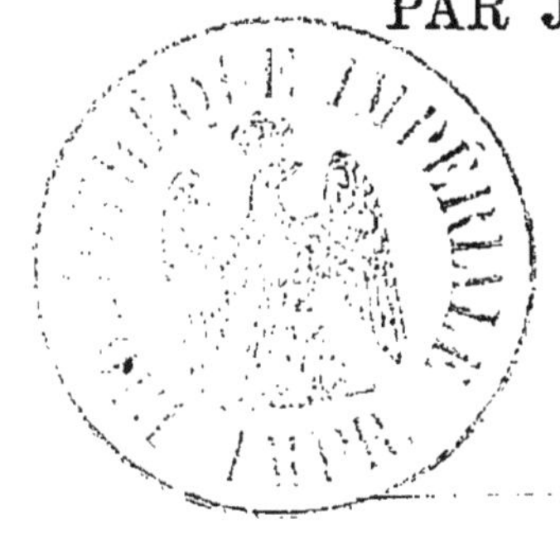

...... Nec solos tangit Atridas.
Iste dolor.
(VIRG., l. IX.)

PARIS
E. DENTU, LIBRAIRE-ÉDITEUR
PALAIS-ROYAL, 13, GALERIE D'ORLÉANS

1858

PRÉFACE

C'est déjà un élément d'intérêt pour le lecteur, de savoir que les principaux incidents de cette nouvelle sont vrais. Quelques détails seuls sont le fruit de mon invention. Il n'y a, à bien dire, que des noms et des lieux de changés. J'ai dû satisfaire à ce scrupule à cause de la proximité des temps où s'est passée cette tragique aventure. Si quelqu'un, assez renseigné, me reprochait d'avoir omis une circonstance intéressante et capitale, ou d'avoir livré à la publicité une vie et des faits qui devaient, quelqu'obscurs qu'ils soient, rester murés aux yeux du public, je lui répondrais, en paraphrasant le mot célèbre de Vertot : Mon conte est fait.

Maxima de nihilo nascitur historia (1).

Cependant, et je l'affirme, dans une de mes excursions de Paris au Havre, il y a quelques années, j'ai assisté, dans une station même de la ligne, à une scène exactement semblable à celle que j'ai dépeinte dans ce qu'on peut appeler l'épilogue de cette nouvelle.

C'est dans le rayon d'Anet et d'Ivry-la-Bataille, que l'action commence et se dénoue. Anet et Ivry sont voisins l'un de l'autre. La distance qui les sépare n'égale pas un kilomètre. Anet est sur Eure-et-Loir ; Henri II y fit bâtir un beau château pour Diane de

(1) Prop. liv. 2. *Éleg.* 1. v. 16.

Poitiers, duchesse de Valentinois. Mais c'est moins de ce souvenir effacé dans la mémoire, que de celui des amours de Henri IV et de Gabrielle d'Estrées, qu'Anet tire sa célébrité. Ivry est sur le département de l'Eure ; c'est dans sa plaine que s'est livrée, en 1590, la fameuse bataille qui porte son nom. Ces lieux sont baignés par l'Eure.

Je les ai habités dans mon enfance, et j'ai foulé sur la montagne, d'où le château commandait autrefois le pays, et dans la plaine, engraissée du sang des bataillons, des débris de toute nature, j'ai poussé de mes petites mains de grands ossements, *grandia ossa* (1).

Je n'ai pas reculé, même à notre époque, devant la simplicité des personnages que je

(1) Virg., *Géorg.*, liv. I, v. 497.

mets en scène. La vie pastorale à été celle des patriarches ; Moïse, ce grand homme, comme parle Bossuet, l'a menée, les poëtes l'ont chantée, la Fable l'a consacrée ; Apollon se fit berger et les dieux devinrent jaloux du sort de ces hommes simples ; les bergers, les premiers, apprirent à lire dans les astres ; les bergers, les premiers, entourèrent la crèche divine de Bethléem.

Je n'ai pas craint non plus d'employer le merveilleux. Qui pourrait m'en faire un reproche, lorsqu'aujourd'hui, au dépit des poëtes qui n'oseraient pas voguer sur leur élément, il éclate dans les officines les plus humbles de la capitale ? Bientôt les temples augustes, bientôt les palais et les édifices à qui seuls semblent être réservé ce noble prestige, menacent d'être égalés.

Je n'ai pas, je crois, outrepassé la mesure. Quoi de plus fréquent que d'être le jouet de son imagination dans les ténèbres? Qui n'a pas cru, quelquefois, y entendre ce qui n'était qu'un vain son, et y voir ce qui n'était aussi qu'une vaine ombre? C'est à la campagne, surtout, dans la solitude et le silence de la nuit, que l'esprit même le plus ferme, le plus calme et le plus intrépide, ne peut se défendre d'une secrète horreur, d'un saisissement involontaire, et d'une certaine fascination. Cela me remet en mémoire une anecdocte que j'ai entendue raconter à un pieux et savant abbé, un homme dont les vertus et le mérite eussent été plus connus, si l'œil savait toujours percer le voile de la modestie. C'était à la campagne, dans un château où l'abbé était alors précepteur. On s'était réuni, après dîner, au salon. Un colonel, châtelain du voisinage, était venu prendre sa part des charmes du comité. A la brune, comme c'est assez l'ordinaire à la campagne, où l'on se couche de bonne heure, le colonel prit congé de la société. Un quart d'heure à peine s'était écoulé, on le vit revenir. On lui demanda ce qui le ramenait. Il avait vu sur sa route un je ne sais quoi auquel son imagination avait prêté des formes bizarres et peu rassurantes. C'était un brave colonel, cependant. Mais pourquoi s'exposer, sans nécessité et sans profit, à être mordu, déchiré ou tué, que sais-je? On l'accompagna, et on en fut quitte pour rire (et lui tout le premier) des proportions que le colonel avait données dans son imagination (1) à une espèce de ronce que le vent

(1) Malebranche appelait l'imagination, la Folle du Logis.

avait poussée sur la route et à laquelle l'air imprimait d'étranges oscillations.

Est-il rien de plus naturel aussi que de rêver pendant son sommeil à celle dont on veut faire sa douce compagne, dès que l'amour et non l'intérêt, pour l'honneur du mariage, doit former des nœuds aussi saints.

Nescio quid sit amor, nec amoris sentio nodum :
Sed scio si quis amat, nescit habere modum.

On rêve bien à moins et debout.

Il n'y a pas enfin que les âmes d'élite qui soient susceptibles d'avoir des songes (1) ; et les seules grandes figures de l'histoire

(1) Les anciens distinguaient deux sortes de songes, les uns trompeurs, les autres pieux : Les premiers sortaient par la porte d'ivoire ; et les seconds sortaient par la porte de corne.

n'ont pas le privilége de nous étonner par ces révélations prophétiques. De tels avertissements sont plus communs qu'on ne le pense dans tous les rangs de la société. Avant le songe du Pharaon, nous avons les songes de deux eunuques (1). Ce n'est pas non plus faire de la superstition, car, s'il me l'était permis en matière légère, je pourrais invoquer l'autorité de saint François de Salles qui ne voulait pas qu'on dédaignât les avertissements extérieurs; je pourrais invoquer celle d'un grand nombre d'hommes illustres :

Nec tu sperne piis venientia somnia portis.
Quùm pia venerunt somnia, pondus habent (2).

(1) His ità gestis accidit ut peccarent duo Eunnuchi.....
Gen. cap. XL, v. 1.
Videruntque ambo somnium nocte unâ, juxtà interpretationem congruam sibi. Ibid. v. 5.
(2) Properce *Eleg.* 8. v. 87. 88.

Mais je n'en ai que trop dit pour justifier le peu de merveilleux que j'ai mis en usage ; je m'arrête. Je demande pardon au lecteur d'avoir peut-être abusé de son attention bienveillante. C'est beaucoup pour protéger le sort d'une œuvre légère, renfermée dans un petit cadre.

Comme un peintre ébauche un sujet sur une toile, comme un sculpteur tire, à demi formés, un Hercule ou une Vénus d'un bloc de pierre ou de marbre, j'ai aussi mis en vers, à titre d'essais, essais que je fais suivre après cet épisode, quelques scènes détachées d'un sujet connu. La fantaisie et l'imagination font seules quelquefois les frais. Je veux parler de la mort de Virginie, drame si émouvant dans Tite-Live, et si vivement reproduit dans les *Révolutions romaines* de Vertot.

Je termine par une pièce de vers que je mets dans la bouche d'un jeune poëte s'animant au début de la carrière ; et, enfin, par deux pièces élégiaques.

Je serai heureux si, ayant voulu être agréable, je n'ai pas cessé d'être utile.

Omne tulit punctum qui miscuit utile dulci,
Lectorem delectando pariterque monendo.

Horat, *de Arte poëtica*, v. 343, 344.

LE

PATRE DU VALLON

Ne me résiste pas, il faut chanter, ma lyre ,
Tu frémis dans ma main, et ta corde soupire,
Si je prête l'oreille à tous ces cris divers,
Que d'échos douloureux dans ce triste univers !
Laisse courir mes doigts, c'est Dieu qui le veut; chante
Sur ce mode touchant, comme autrefois Cléanthe : —
« — Père de la nature, ô souverain des cieux,
« Commande, je n'attends qu'un signe de tes yeux.
« Tu le veux ? me voilà. Je gémis, mais m'incline,
« Le Juste subit bien la même discipline.
« A ta volonté sainte, et le sage la suit,
« On résiste, elle entraîne; on cède, elle conduit. » (1)

(1) Sic vivamus, sic loquamur ut Cleanthes:
« Duc me, parens, celsique dominator poli,
« Quocùmque placuit : nulla parendi mora est,
« Adsum impiger. Fac nolle; comitabor gemens,
« Malusque patiar, quod pati licuit bono.
« Ducunt volentem fata, nolentem trahunt. »
(SÉNÈQUE).

LE

PATRE DU VALLON

I.

Un jeune pâtre, né sur les rives de l'Eure,
Dès le soleil levant, sortant de sa demeure,
Choisissait avec soin les prés gras et fleuris,
Et, content de son sort, y gardait ses brebis.
Les fruits et le laitage étaient sa nourriture,
Il étanchait sa soif au cristal d'une eau pure.
Sans or, mais sans souci, sain et plein de vigueur,
Rien n'altérait encor le calme de son cœur,
Tantôt voyait bondir son troupeau sur l'herbette,
Et tantôt s'égayait au son de sa musette.

Des hameaux d'alentour on accourait le voir,
Et rentrés au foyer, lorsque tombe le soir,
Tous répétaient les chants de sa flûte champêtre,
Et faisaient que chacun désirait le connaître.
Louis était son nom. Heureux ! trois fois heureux !
S'il n'eût jamais connu que ces soins et ces jeux.
Or, sur sa tête, un jour, s'amoncèle un nuage
Assombrissant le ciel et menaçant l'orage;
Son troupeau, d'un pas lent, s'assemble à ses côtés,
Aucun abri ne s'offre à ses yeux attristés.
Il gémit ; l'éclair brille et sillonne la nue ;
Les pôles ébranlés tonnent dans l'étendue ;
La pluie avec la grêle entr'ouvrant des ravins,
Changent bientôt en lacs tous les vallons voisins.
Alors, comme une biche à la course légère,
Qu'une meute poursuit de sa dent meurtrière,
Ou comme une colombe, avec rapidité,
Dans les routes de l'air, fuit le trait redouté,
Telle aussi, dans les champs, fuyait une jeunesse :
Un chêne seul s'offrait, creusé par la vieillesse ;
La vierge et le berger y courent tous les deux.
Mais à peine y sont-ils, la foudre au-dessus d'eux,

Menace d'éclater sur la cime de l'arbre :
Pâle, sans mouvement, et froide comme un marbre,
La jeune enfant tombait dans les bras de Louis.
Ses yeûx étaient fermés, ses sens évanouis ;
Ses cheveux, détachés du sommet de sa tête,
Volaient sur son épaule au vent de la tempête ;
Ses légers vêtements, fouettés sur son corps,
Dessinaient ses contours, trahissaient ses trésors.
Louis pousse un soupir en la voyant mourante,
Élève vers le ciel une voix suppliante,
Tient l'enfant sur son cœur, cherche à la ranimer,
Et des plus tendres noms se prend à la nommer.
Son fidèle Médor, de son œil tutélaire,
Veille seul le troupeau sous l'arbre centenaire ;
Il regarde son maître, interprète savant,
Va, court, regarde encor, et l'aide en le servant.

Cependant le soleil dissipe au loin l'orage,
Les mortels inquiets raniment leur courage,
La nature renaît comme à son premier jour,
Le sol embaume l'air, l'oiseau chante l'amour,

Tout rit : la jeune enfant, cédant à la lumière,
Soulève, en ce moment, sa timide paupière ;
Ses yeux rencontrent ceux de l'agreste pasteur ;
Aussitôt sur sa joue a monté la rougeur :
Mais Louis la rassure, et tous les deux, à terre
Fléchissant les genoux, au maître du tonnerre
Envoient avec amour leurs vœux reconnaissants.
Comme ils frappaient encor les airs de leurs accents,
Un jeune cavalier, égaré dans sa chasse,
Au pas de son cheval, tout à coup, près d'eux passe :
— Ivry ? demande-t-il, saluant de la main.
Louis, en s'inclinant, lui montre le chemin.
Il avait fait : prenant sur-le-champ sa houlette,
Il souffle dans sa corne, et le vallon répète
Le signal du départ. La jeune enfant le suit ;
Le berger innocent par la main la conduit.
Ils marchent côte à côte, et dans un grand silence,
Se reposent un peu de distance en distance ;
Ils arrivent enfin : l'orage, en ce moment,
Rendit à l'horizon un dernier roulement.

II.

A l'abri des autans, au pied de la montagne,
D'où l'on découvre au loin la fertile campagne,
La hutte de Louis, ouvrage de ses mains,
Est construite en gazon à l'écart des humains.
A quelques pas de là jaillit une eau limpide,
Courant, en serpentant, dans la prairie humide ;
Deux chênes, à sa source, agités dans les airs,
Invitent à rêver par leurs vagues concerts.
Les seules fleurs des champs, présent de la nature,
De ce séjour discret complètent la parure.

La vierge entre s'asseoir sous ces mousseux lambris.
L'ordre, la propreté, charment ses yeux surpris.
Après avoir servi deux jattes de laitage,
Des amandes, des noix, la cornouille sauvage,
Et des fruits, ô délice ! encore presque verts,
Qu'au jeune âge on savoure avant les froids hivers ;

Après bien des discours commencés et sans suite,
Le pâtre parle ainsi : « Quelle terre bénite,
« Quels aïeux fortunés des hameaux d'alentour,
« Ou des cantons lointains, vous ont donné le jour?
« Est-ce une rive, un mont qui de vous me sépare?
« Sous quel nom cachez-vous une douceur si rare? »

Dans le premier moment, l'enfant ne répond rien,
Ses yeux restent baissés dans un chaste maintien;
Puis du son le plus doux : « J'ai vu le jour, dit-elle,
« Dans ces lieux où, jadis, une autre Gabrielle
« Régna par sa beauté sur le cœur de son roi.
« Ma mère se nommait du même nom que moi,
« (Ce nom et le château du canton font la gloire),
« Il ne me reste plus qu'à bénir sa mémoire !
« Paul, mon petit frère, aime à jouer, à courir;
« Et mon père travaille afin de nous nourrir.
« Moi, je travaille aussi, tantôt filant la laine,
« Tantôt je vais glaner des épis dans la plaine.
« Le hasard, aujourd'hui, m'a fait de fleurs en fleurs,
« Poursuivre un papillon dont les riches couleurs

« Brillaient comme un tissu semé de perles fines;
« Et l'orage m'a prise au pied de ces collines. »

L'accent avec lequel ces simples mots sont dits,
Pénètrent le berger, captivent ses esprits.
Mais, déjà, le soleil décline vers la terre,
Jamais le temps n'a fui d'une aile si légère.
Il ne faut pas songer à retourner ce soir
Dans Anet : de vieux ponts, aussitôt qu'il fait noir,
En planchers mal unis, sur de vastes écluses;
Des moulins dont la roue, en cascades confuses,
Laisse rejaillir l'eau sous les pieds des passans,
D'une secrète horreur font frissonner les sens.
Louis fait dans sa hutte un lit à Gabrielle,
A l'injure de l'air prêt à coucher pour elle.
Sa main hospitalière étend deux peaux de loups
Immolés dans les champs sous ses généreux coups.
Il recouvre ces peaux de deux toisons de laine.
Les objets n'offraient plus qu'une image incertaine,
Il sort aussitôt, coupe un rameau résineux
Dont le bout allumé jette un jour lumineux.

Lorsqu'il rentre, ô surprise ! il ne voit plus personne !
Il appelle, et sa voix dans le vide résonne.
Que faire ? l'imprudente a voulu repartir,
Au risque, sous les eaux, de se voir engloutir.
Il ne court pas, il vole après la fugitive,
Guider au moins ses pas sur la frêle solive.
Est-ce un charme ? Dans l'ombre il croit l'apercevoir,
Son pied, hors du sentier, se perd sans le savoir ;
Il suit un vain fantôme, et ne se désabuse
Qu'en foulant sous ses pas des débris d'arquebuse,
Le crâne d'un guerrier, à nu dans les sillons
Où, jadis moissonnés, de nombreux bataillons
Dans la plaine d'Ivry gardent la sépulture.
Cherchant de ce prodige à sonder la nature,
De son toit, à grands pas, il reprend le chemin,
Et s'endort sur le lit préparé par sa main.

III.

C'était l'heure où la nuit enveloppe la terre,
Où tout ce qui respire a fermé la paupière.

Par la porte d'ivoire, aux riantes couleurs,
Les songes voltigeant font trêve à nos douleurs.
Il voit de Gabrielle apparaître l'image :
C'était son air, ses traits, c'était son fin corsage,
Cette simplicité, cette aimable candeur,
Ces yeux dont il ne peut soutenir la douceur;
Il n'était pas enfin jusqu'à son doux sourire,
Qui semble lui parler et malgré lui l'attire.
Il la revoit ainsi paraître plusieurs fois ;
Ils s'enfoncent tantôt dans l'épaisseur des bois,
Tantôt s'asseoient au bord d'un ruisseau solitaire ;
Puis, effrayés soudain par le bruit du tonnerre,
D'un antre vont chercher l'abri mystérieux,
Et font de leurs soupirs gémir les sombres lieux.
Le ciel est désarmé : la plus vive lumière
Chasse l'épaisse nuit qui règne sur la terre ;
Tout scintille, étincelle et brille dans les cieux ;
C'est l'aurore qui luit, le pâtre ouvre les yeux.

Un vague sentiment fait soupirer son âme,
Il aperçoit du jour la radieuse flamme,

Elle perce sa hutte en jets éblouissans,
Le rêve est dissipé qui séduisait ses sens.
Il repasse en esprit l'histoire de la veille,
Le songe de la nuit, sa touchante merveille.
Pour la première fois, le poids de son bonheur
Dans son tranquille asile a pesé sur son cœur;
Il sent un feu secret circuler dans ses veines,
Soupire après les bois, les grottes, les fontaines.
Seul, et sans emmener son fidèle Médor,
Au trouble de son cœur n'entendant rien encor,
Il promène ses pas dans la verte prairie;
Il erre où le conduit sa vague rêverie.
Avide de mystère il fuit l'éclat du jour
Dont il laisse aux oiseaux célébrer le retour.

Dans les mille circuits de ses eaux fugitives,
Impénétrable aux yeux des nymphes de ses rives,
Anse que la nature a faite de ses mains,
Charmant site perdu pour les ingrats humains,
L'Eure, sous un rideau du plus épais feuillage,
Décrit un léger coude, arrondit son rivage :

Sous ces lieux ombragés, dans ces limpides eaux,
Louis en soupirant cherche à calmer ses maux.
Tel le cerf altéré fuit les brûlantes plaines,
Cherche l'ombre des bois, la fraîcheur des fontaines
Au moment où le pâtre avance sur les bords,
Il voit se dessiner l'image de son corps.
Que n'a-t-il, en ce jour, innocent artifice,
En se changeant en fleur, eu le sort de Narcisse !
L'onde est fraîche, et jamais, sous la voûte du ciel,
Eau si pure a frémi sous le pied d'un mortel ;
Jamais sur aucun bord, sur la rive lointaine,
Les zéphirs n'ont soufflé d'une plus douce haleine,
Inutiles secours, remèdes impuissants,
Les eaux, ni les zéphirs ne sont rafraîchissants.
Frais ombrages des eaux, rives silencieuses,
Fleuve qui promenez vos ondes paresseuses,
Heureux ! qui, sur vos bords, modeste en ses désirs,
A su couler en paix ses innocents loisirs !

Louis ayant séché ses membres sur l'arène,
Quitte, emportant son mal, cette paisible scène.

Il va conter sa peine à l'écho du vallon,
Moduler sur sa flûte au pied d'un mamelon.
Son troupeau, devant lui, bondit sur l'herbe tendre,
Et les oiseaux des bois se taisent pour l'entendre.
Sur un mode plus doux sa flûte a soupiré;
Le mouvement est lent et le chant mesuré.
Ce n'est plus de ses airs la vive ritournelle,
Ni ce gai dialogue avec l'Écho fidèle;
Ces combats où le prix est toujours disputé,
Sans que jamais rival l'ait sur l'autre emporté.
Fleuve, bosquets, ruisseaux et tapis de verdure,
Rien pourtant n'est changé, c'est la même nature.

IV.

Cependant plusieurs jours se sont ainsi passés,
L'aurore se levait; et les monts espacés,
Comme pour admirer ses teintes radieuses,
Dressaient en la voyant leurs cimes lumineuses :
Aussitôt dans les prés le pâtre vient s'asseoir.
Il observe partout, sans rien apercevoir.

Comme si l'ennemi, le surprenant en traître,
Fondant sur son troupeau, fît mine de paraître,
Il prêtait, attentif, l'oreille au moindre son.
L'ennemi, tout à coup, sort du sein d'un buisson ;
Buisson orné de fleurs et s'ouvrant en corbeille,
O main de la nature, ô prodige, ô merveille !
Tels, du moins, les objets se peignent à ses yeux
Il croit déjà la voir se sauver de ces lieux.
Gabrielle, à son tour, l'aperçoit et s'arrête :
Des fleurs et des épis embellissent sa tête,
Elle a, comme Cérès, une serpe à la main.
Louis fait, le premier, la moitié du chemin.
Grâces, tendres amours, accourez, troupe aimable,
Mais émoussez vos traits, cet âge est vulnérable.
Bientôt le doux aimer étreint les deux amants,
Les ailes des zéphirs reçoivent leurs serments.
Choisissant le plus beau qu'offre ce lieu champêtre,
Ils inscrivent leurs noms sur l'écorce d'un hêtre.
Ils voudraient, disent-ils, jusqu'à leur dernier jour,
Vivre ensemble, ignorés, au fond de ce séjour.
Gabrielle s'assied, prend en main la houlette,
Gouverne les moutons répandus sur l'herbette,

Tantôt pour contenter ses caprices nouveaux,
Louis lui cède aussi ses rustiques pipeaux ;
L'un fait aller les doigts, l'un souffle avec sa bouche,
Et Médor, à leurs pieds, les regarde et se couche.
En ce moment, monté sur un fringant coursier,
Traverse, sous leurs yeux, ce jeune cavalier
Qu'ils avaient déjà vu le jour du grand orage.
Sur le front de Louis passe un léger nuage:
Comme une ombre du ciel trouble la pureté,
Comme au souffle un miroir perd sa limpidité,
Aussi vite est aussi son rapide passage;
L'innocence ne peut assombrir son visage,
Elle ignore du temps les cruelles leçons,
La vie offre à ses yeux de riants horizons.
La vie a son lever, ses douces transparences,
Pour des réalités prenant des apparences,
Cet âge où tout conspire à séduire les yeux,
La parure des champs et la beauté des cieux.

V.

C'est du coup de midi les heures paresseuses :
Les pelouses des prés, les fontaines mousseuses
Tempèrent du soleil les torrides ardeurs,
Les grottes et les bois ouvrent leurs profondeurs.
Éblouis par l'éclat des tapis de verdure,
Au pied des peupliers qui forment leur bordure,
Louis et Gabrielle, en attendant le soir,
Sur les gazons fleuris s'amusent à s'asseoir.
Pendant que de leurs mains, comme aux plus belles fêtes,
Des fleurs de la prairie ils couronnaient leurs têtes,
Un vieillard s'avançait courbé sur un bâton.
Une barbe d'ermite encadrait son menton.
L'homme divin s'approche, admire leur jeunesse,
Puis secouant ses bras raidis par la vieillesse,
Il s'écrie : « O bergers, tranquillement assis,
« Un serpent est caché dans ces gazons fleuris ! »
Chacun cherche aussitôt son salut dans la fuite,
Par des chemins divers la peur les précipite.

Mais le vieillard, que l'âge empêchait de courir,
Criait : « Bergers, et moi ? me laissez-vous périr ? »
Il tendait ses deux mains, attestait sa faiblesse ;
Louis se sent ému par ses cris de détresse,
Le généreux enfant, revenu sur ses pas,
Comme un pieux Troyen l'emporte dans ses bras. —
— « Descends-moi sur la route au bord de cette pierre ;
« Jadis, dit le vieillard, j'y faisais ma prière ;
« Une croix du passant y consolait les yeux,
« La borne du chrétien sur la route des cieux. » —
— A peine assis, — « Mon fils (de ce nom je te nomme,
« Mon âge le permet vis-à-vis d'un jeune homme) ;
« Écoute, ajoute-t-il, car j'ai lu dans ton cœur,
« Ta générosité prévient en ta faveur.
« Tu me parais aimer avec cette puissance
« Et ce tendre abandon qu'a seule l'innocence,
« Déjà l'amour a mis un bandeau sur tes yeux,
« Crois un ami dont l'âge a blanchi les cheveux :
« J'ai parcouru longtemps, autrefois, les deux mondes,
« J'ai couru sur la terre et sur les vastes ondes,
« J'ai vu cent régions et cent peuples divers,
« Rien ne m'étonne plus dans l'immense univers :

« La chute d'une feuille ou celle d'un empire,
« L'innocent méconnu, le méchant qui respire,
« La vertu sans crédit et l'argent exalté,
« Et des voiles partout cachant la vérité,
« Jusqu'à ce qu'un jour, Dieu, de sa main les déchire
« Et redressant les torts couronne le martyre.
« Toi que la Providence, au fond de ce séjour,
« A su mettre à l'abri du souffle impur du jour ;
« Toi qui coulas en paix une innocente vie
« Qu'à son joug la beauté n'avait pas asservie,
« Retiens-le bien, mon fils, crois mes sages discours :
« *Souvent femme varie et change en ses amours,*
« *On voit les flots des mers reposer immobiles,*
« *Mais sa tête et son cœur ne sont jamais tranquilles.*
« *Un caprice chez elle en fait naître un nouveau,*
« *Ce qu'elle n'a pas, est ce qui lui semble beau.*
« *Et tel est le sort fait à l'humaine faiblesse,*
« *Que souvent l'amour trompe alors qu'il nous caresse...*
« Mais tu ne m'entends pas ?... ô malheureux berger,
« Tes yeux mesurent l'heure à l'ombre du verger.
« Va donc, jeune amoureux, puisse la Providence
« Ne pas donner raison à mon expérience ! »

Le pâtre reste seul et demeure interdit,
Mille pensers divers traversent son esprit.
Mais comme un homme, enfin, qui tout à coup s'éveille
Et se rappelle alors ce qu'il a vu la veille,
D'un timide regard il cherche aux alentours,
Scrute tous les sentiers, les plus secrets détours.
O jeux si tôt rompus! cruelle certitude!
Et pourtant dans les bois, charmant leur solitude,
Les colombes encor roucoulent leurs amours,
L'astre brillant du ciel n'a pas fini son cours.
Puis son regard rencontre, à l'ombre du feuillage,
La pierre où s'est assis l'homme au divin visage.
A sa vue il se trouble; un noir pressentiment
S'empare de son cœur, redouble son tourment;
Au bord de sa paupière une larme étincelle,
Il quitte enfin ces lieux foulés par Gabrielle.

VI.

Il se retourne encore une dernière fois.
Bientôt la nuit accourt sur la cime des bois,

La scène s'osbcurcit et les ombres se massent,
Sous un crêpe étoilé les collines s'effacent,
Le silence enveloppe et la terre et les cieux.

Le doux sommeil à peine avait fermé ses yeux,
Le pâtre infortuné, comme si Gabrielle
A la foi du serment déjà fût infidèle,
Semblait, le cœur ému, lui tenir ce discours :

« Notre douce amitié devait durer toujours ;
« Les Parques de leurs doigts filant sa destinée,
« Pouvaient seules, du moins, en marquer la durée.
« Que dis-je? survivant aux portes du tombeau,
« Le temps ne devait pas la marquer de son sceau ;
« Mais dans une autre vie, à la source suprême,
« Elle devait renaître au sein de Dieu lui-même.
« Sans bruit et sans éclat, perdu dans le vallon,
« Errant au bord des prés, grimpant au mamelon,
« Humant l'air pur du ciel et buvant au rivage,
« Mon horizon se borne à celui du village ;
« Mais je suis le gardien de ces mille brebis

« Qui paissent sur les monts et dans les prés fleuris;
« J'ai deux chèvres à moi dont je vends le laitage ;
« Et je n'ai pas, non plus, un cœur dur en partage.
« Je ne suis pas, c'est vrai, cité pour ma beauté,
« Mon visage est bruni par le hâle et l'été ;
« Mais dans nos chers enfants, le ciel, à ma prière,
« Aurait fait respirer l'image de leur mère.

« Regarde ces coteaux, ces paisibles vallons,
« Où jamais n'ont soufflé les rudes aquilons ;
« Écoute murmurer ces ondes fugitives,
« Et frémir dans les airs les arbres de ces rives:
« Ici, c'est la fougère où nous étions assis,
« L'arbre antique et sacré, celui que tu choisis,
« Où nos chiffres, longtemps gravés sur son écorce,
« De notre amour commun devaient prouver la force.
« Vois ce temple rustique et son joli clocher :
« C'est là qu'habite Dieu, là qu'on vient le chercher.
« Campagnes et vallons, lieux chers à mon enfance,
« Nous y goûtions, tous deux, la paix et l'innocence !
— (O songe surprenant ! ô langage des cieux !)
« Ces biens n'ont plus d'attraits pour ton cœur ni tes yeux.

« Qu'il nous eût été doux au bas de la colline,
« D'ouïr le vent souffler sur la forêt voisine,
« De voir comme une mer onduler les moissons,
« D'entendre les échos répéter nos chansons ;
« Sans souci des destins, jouir en paix du nôtre,
« Et, reposant ainsi sur le sein l'un de l'autre,
« Voir un berger jaloux, nous guettant près d'un bois,
« En briser de dépit sa flûte ou son hautbois.

« Vers quels lieux t'enfuis-tu ? Quelles splendeurs nouvelles
« Surpassant de ces champs les grâces naturelles,
« Mieux que ce que tu vois, peuvent charmer tes yeux ?
« Est-il rien de plus beau que la voûte des cieux ?
« Comptes-tu contempler des lambris plus splendides,
« Purifier ton corps à des eaux plus limpides,
« Et voir dans tes cheveux, mieux qu'une simple fleur,
« Briller un diamant au prix de ta pâleur ?

« Est-ce enfin l'amitié ? Dans cette grande ville,
« Elle est presqu'inconnue et rien n'est plus fragile.
« Tu n'y trouveras pas un ami comme moi.

« N'as-tu pas de remords de violer ta foi ?
« Un inconnu, qui sais-je ? ô noble créature !
« Osera de sa main détacher ta ceinture,
« Soupirer dans tes bras et féconder ton sein !
« Terre engloutis l'auteur d'un si lâche dessein !
« Dans ce monde, ô mon Dieu ! rien ne m'est cher comme elle ;
« Tout l'univers, pour moi, c'est toi, ma Gabrielle ..»
— Il ouvre ses deux bras, prêt à lui pardonner ;
Mais, la cruelle ! rien ne peut la ramener.
Alors il la dédaigne, alors il se retire ;
Mais elle en est heureuse, et se met à sourire.
Tel un rocher battu par le flot irrité,
Reste impassible et rit de sa témérité.
Ne pouvant dominer le trouble qui l'agite,
Louis n'ajoute plus que des discours sans suite.
— « Toi, dit-il, qui causas mon lamentable sort,
« Cruelle ! d'un œil sec, jouis donc de ma mort. »
— Ces mots sourds et plaintifs meurent dans sa poitrine.
Un spectacle confus devant lui se dessine.
Au moment où ses yeux se ferment pour mourir,
C'est alors que ses yeux viennent de se rouvrir.
L'eau coulait de son front, inondait son visage,

Il cherche de ses sens à reprendre l'usage ;
Mais ce songe revient, l'obsède et le poursuit,
Jusqu'à ce que le jour ait dissipé la nuit.

VII.

Le temps offrait aux yeux un aspect monotone,
Telle on voit la nature au déclin de l'automne.
On entendait au loin une cloche tinter,
Le son mourant dans l'air semble encor l'attrister.
Le vent est refroidi comme après un orage,
Les arbres balancés dépouillent leur feuillage.
Une corneille aussi, par un singulier choix,
Sur un rameau voisin fait croasser sa voix.
Que j'en ai vu souvent de ces signes funestes,
Du mal qui nous menace avant-coureurs célestes !

Cependant dans le ciel, rapide comme l'éclair,
Sur des ailes de feu fendant les champs de l'air.
La Renommée ouvrant une effrayante bouche,

Frappe Louis au cœur, d'un coup mortel le touche :
C'en est fait ! et le sort en si peu de moments,
A pu vérifier ses noirs pressentiments !
« Avec un cavalier de haute compagnie,
« Cette nuit, Gabrielle elle-même est partie.
« Un mot, qu'elle a laissé, dit que c'est pour Paris,
« Monde qu'on lui dépeint comme le Paradis.
« Elle y part pour y faire un riche mariage,
« Et son père sera le premier du village. »
Plus de doute ! au besoin, s'offrant avec bonté,
Combien de l'en convaincre auraient la charité !
Il faudrait les accents du poëte de Rome,
Je ne vous peindrai pas ce malheureux jeune homme,
Ni sa visite au toit de celle qu'il aimait :
Un père dans un coin de l'âtre qui fumait ;
En face, un jeune enfant, debout et sans mot dire ;
Dans le milieu, Louis que la douleur déchire ;
Ses sanglots comprimés se faisant enfin jour ;
A ce signal, l'enfant sanglotant à son tour,
Le père dans ses mains laissant tomber sa tête,
Des soupirs et des pleurs au lieu d'un jour de fête !

Bientôt dans le pays on ne le revit plus,
On le cherche partout, soins et pas superflus
J'ai vu, je m'en souviens, quelque part au Musée,
Une toile, aujourd'hui présente à ma pensée.
L'artiste y saisit bien le vrai sens du remords.
Au moment d'y tomber, s'arrêtant sur les bords,
Un réprouvé, du temps devenu la victime,
A cette odeur de soufre émanant de l'abîme,
Se retourne un instant pour rafraîchir ses yeux,
Une dernière fois, à la clarté des cieux :
Les victimes, soudain, de ses amours volages,
Dressent à ses regards leurs funestes images.
L'une tient un enfant abandonné par lui ;
L'autre, adorée hier, ne l'est plus aujourd'hui ;
Celle-ci d'un réchaud porte le triste emblême ;
Cette autre, au désespoir, se frappant elle-même,
Enfonce un long poignard dans ses flancs palpitants ;
Une vierge éplorée expire à son printemps.
Terribles souvenirs et fatale présence. ..
Tel est de ce tableau la magique puissance.
Souvent les cœurs trompés aiment, dès ici-bas,
En s'offrant de la sorte au devant de ses pas.

A lire dans ses yeux s'ils troublent l'infidèle ;
Les uns, si ses doux yeux démentent la cruelle ;
Celles-ci, de chagrin de se voir oublier,
Si l'ingrat a le cœur aussi dur que l'acier.
Tous, importuns témoins de sa nouvelle flamme,
Contraints de refouler leur amour dans leur âme,
Tous, en cette infortune, à bout d'autres ressorts,
Vouent, ainsi, l'infidèle à l'arme du remords.
Déjà sur les hauteurs qui dominent la ville,
Loin de ses creux vallons, de son riant asile,
Louis voit à ses yeux se dérouler Paris,
Vaste panorama sous un nuage gris.
Sur son emplacement des cabanes rustiques,
Tenaient autrefois lieu de palais magnifiques.
Son peuple, si léger, étonne à tous moments,
Peuple fou de plaisirs et fou de changements.
Jadis ami des arts, du goût suprême arbitre,
Des œuvres de l'esprit faisant son plus beau titre ;
Insensible à la muse, en ce siècle d'airain,
Les lauriers d'Apollon se fanent dans sa main ;
Il ne voit plus que l'or, et, dans sa soif impure,
Il le demande au jeu, sur l'autel de Mercure.

Ses mœurs en ont reçu le sans-façon brutal,
Tout, aujourd'hui, se compte au son de ce métal.

VIII.

A la chute du jour, à l'heure du mystère,
C'est alors que Paris resplendit de lumière.
Louis, accompagné du fidèle Médor,
Au bout de son bâton portant tout son trésor,
Pénètre dans ces murs, ces murs où Gabrielle
A cru cacher au monde une amante infidèle.
Tandis que tout s'y croise et semble confondu,
Louis marche au hasard comme un enfant perdu.
Son instinct le conduit aux abords du théâtre
Qu'assiége tous les soirs une foule idolâtre ;
Aux portes des jardins où d'imprudents amants
S'enivrent de la danse aux sons des instruments,
Gardent pour le foyer leur précoce vieillesse,
Et fanent en un jour les fleurs de la jeunesse.

Un soir, le plus beau soir de toute la saison,
Le faîte des palais et de chaque maison
Se baignait dans l'azur d'un ciel clair et limpide :
Louis voit accourir, volant d'un pas rapide,
La jeunesse dorée, avide de plaisir.
La foule comme un flot commençait à grossir.
Le plus beau des jardins semblait, cette soirée,
Sortir resplendissant de la main d'une fée.
Déjà de ses bosquets, au bruit de ses concerts,
De magiques accords s'envolaient dans les airs.
On entend, tout à coup, rouler un équipage :
A peine les oisifs ont ouvert un passage,
Qu'une femme en descend au bras d'un cavalier,
La plus rare beauté de Paris tout entier.
Un murmure flatteur courut dans l'assemblée ;
La foule sur ses pas est deux fois refoulée.
On se penche à l'envi pour l'examiner mieux.
Les uns, le cœur séduit, la convoitent des yeux ;
Les femmes, à leur tour, admirent sa toilette,
Son maintien, son air noble et sa grâce discrète ;
Certains la voient passer, mais d'un œil attristé.
Tandis qu'éblouissant les yeux par sa beauté,

Avec un front serein, une douceur divine,
Et sans qu'aucun remords sur ses traits se dessine,
L'ingrate s'enivrait et de joie et d'encens,
Un spectacle imprévu fait tressaillir ses sens :
Mon Dieu ! ce cri d'effroi remplit l'air de tristesse.
Médor est à ses pieds, caressant sa maîtresse.
Un barbare valet fait crier l'animal.
On murmure; la scène allait se passer mal.
Louis, pâle et défait, Louis qui, devant elle,
Immobile, a cloué les pieds de l'infidèle,
S'affaisse sans pouvoir articuler un mot.
Ne trouvant dans son cœur ni soupir, ni sanglot,
Gabrielle, l'œil sec et sans compter la somme,
Jette des pièces d'or dans la main du jeune homme.
Le public prend le change, et, grâce à son erreur,
Le couple trop heureux s'esquive avec bonheur.

On transporte Louis dans la maison voisine,
Chacun de son voisin interroge la mine ;
A peine un conte est fait, qu'il prend un nouveau tour,
Un autre s'en empare et le brode à son tour.

La pâleur de ses traits intéressait la foule.
Le flot ondule enfin et lentement s'écoule.
Le malheureux venait de reprendre ses sens
Et s'était aussitôt soustrait aux yeux des gens.
Hélas ! il a perdu, dans tout ce pêle-mêle,
Médor, son seul ami, son compagnon fidèle.
Il n'avait pas trouvé quelque mauvais réduit,
Qu'on entendait déjà, partout, sonner minuit.
Le ciel, s'il m'est permis d'employer ce langage,
(Ce tour n'en est encor qu'une bien faible image),
Ne pèse pas autant sur les reins de l'Atlas,
Et ton rocher, Sisyphe, en roulant, sur tes bras,
Que l'or qu'il a reçu sur le cœur du jeune homme.
Dès que Paris se lève, il verse cette somme
Au tronc d'un vieux pilier de la maison de Dieu.
Quelques rares chrétiens priaient dans le saint lieu,
Et deux jeunes fiancés, en cet instant-là même,
Unissant leur destin devant l'Être-Suprême,
Donnaient un air de fête à ces augustes lieux.
Louis sortit du temple en essuyant ses yeux.

IX.

Il reprit aussitôt son bâton de voyage.
Comme le bruit des flots s'éteint sur le rivage,
La clameur de Paris se perdit dans les airs.
Les vastes horizons, la plaine et ses déserts
S'ouvrent de toute part. Le pauvre enfant chemine.
Tel, à la fleur des ans, quand la saison décline,
Un malade parcourt une dernière fois,
Le chemin solitaire ou le sentier du bois;
Ou tel on voit encor, se traînant dans la plaine,
Blessé, mais à l'abri de la chasse inhumaine,
Venir mourir au gîte, une larme dans l'œil,
Le cerf, de nos forêts l'ornement et l'orgueil.

Ce n'était plus ce front d'où l'aimable jeunesse
Écartait les soucis et la noire tristesse,
Ce front où le printemps paraissait éternel,
Ces yeux réfléchissant la pureté du ciel,

Ces traits où vous lisiez la douce confiance,
L'innocent abandon, l'heureuse insouciance :
Des yeux chargés d'ennuis et privés de sommeil,
Un teint que ne peut plus animer le soleil,
Trahissaient malgré lui sa profonde blessure.
On lisait son chagrin écrit sur sa figure.
Un gîte, pour la nuit, quand il le demandait,
Pour réponse, souvent, la porte se fermait.
L'étranger avait peur de son pâle visage,
Et, partout, les hôtels sont pleins sur son passage ;
D'aucuns semblent touchés, sans se montrer meilleurs ;
Ils aiment mieux savoir qu'il sera mort ailleurs,
Ou croient avoir payé la dette à l'infortune,
Quand ils ont demandé s'il est de la commune :
Louis répondait, non ; et passait son chemin.
D'autres veulent savoir d'où vient son air chagrin:
Son cœur sans défiance, aidant à sa mémoire,
Il fait un long récit de sa touchante histoire.
Tels qui de leur honneur ne prennent aucun soin,
S'en flattant en secret, s'en vantant au besoin,
Attirent dans le piége un âge sans défense,
Sur le chemin du mal font glisser l'innocence ;

Tels qui font à l'épouse oublier son devoir,
Sous le toit d'un ami portent le désespoir,
Sont aussi les premiers à lui jeter la pierre ;
Ils voudraient des vauriens purger toute la terre.
Un saltimbanque, lui, nouveau Samaritain,
Le fait dans son chariot coucher sur le chemin.
Louis en est ému ; sa première pensée,
Comme un champ pénétré par la douce rosée,
En acceptant son toit, à l'offre de son pain,
Fut, le cœur attendri, de lui serrer la main.
Louis, en le quittant, n'eut l'âme satisfaite,
Qu'en ayant prié Dieu d'acquitter cette dette.

X.

Cependant l'Aquilon accourt du fond du Nord,
Et redouble, à son tour, l'inclémence du sort.
La pluie, en le glaçant, lui cingle le visage,
Le laboureur dételle et suspend son ouvrage,
Il fuit au loin, le dos courbé sous le gros temps.
On ne voit bientôt plus une âme dans les champs.

Louis sent défaillir sa force et son courage,
En vain il va toucher au terme du voyage ;
Après tant de fatigue, en vain les mamelons
Dont la chaîne a formé ses paisibles vallons,
Découvrent leurs sommets sous une épaisse brume,
Rien ne peut conjurer le mal qui le consume ;
Ces vals avec ces monts, leurs dos et leurs appuis,
Ont les premiers de tous vu naître ses ennuis ;
Ils sont abandonnés, et, seul, l'écho fidèle
Pourrait répondre encor au nom de Gabrielle.
Parjure ! Ces vallons et ces coteaux charmants
Virent donner ensemble et trahir tes serments.
O rêves de bonheur ! ô triste solitude !

A de nouveaux efforts la tempête prélude.
Dans la gorge des monts les autans déchaînés,
De mille objets confus, dans leur course entraînés,
Et de débris sans nom sèment partout la terre ;
A leur vacarme affreux se mêle le tonnerre,
La terre avec le ciel tout semble confondu.
Louis résiste encor, chancelant, éperdu ;

Mais près de succomber, sans aide et sans ressource,
Comme un navire au port, au terme de sa course,
Dans le creux d'un vieux chêne il tombe avec la nuit,
Sans savoir dans quel lieu le destin l'a conduit.
Une ombre, tout à coup, près de lui s'est glissée,
Un ami reparu lèche sa main glacée ;
Miraculeux retour ! C'est le pauvre Médor.
Mais Louis, sur le sol, respire à peine encor.
Son vieil ami, content d'avoir trouvé sa trace,
Trépigne en vain de joie et ne tient pas en place ;
Sa joie et son bonheur durent peu de moments,
La plaine retentit de ses gémissements.
Une lumière approche et des voix lui répondent,
Ces plaintes et ces voix dans les vents se confondent.

Convaincus que ces cris recommençant toujours,
Pour un maître en danger appellent du secours,
Deux hommes haletants accouraient tout en nage.
Ainsi quand un vaisseau va sombrer au rivage,
On vole vers la mer afin de le sauver.
L'un marchait devant l'autre et semblait l'activer ;

Son oreille attentive au milieu de l'orage,
Ainsi veillait au sort de son frère en voyage.
Son compagnon portait une torche à la main ;
Dans un panier au bras, du vin avec du pain.
La torche resplendit : la lumière rougeâtre
Se reflète sur l'arbre où se mourait le pâtre.
Hélas ! c'était le chêne où les deux malheureux
S'étaient, pendant l'orage, abrités tous les deux !
Des éclairs répétés font reconnaître au pâtre
Et les nouveaux acteurs et cet ancien théâtre.
Déjà la mort étend sa main froide sur lui.
Le prêtre le soulève et lui fait un appui.
Louis ouvre son cœur, et comme il l'en convie,
Aussitôt à l'apôtre il raconte sa vie.
« — Je n'avais pas compté, fit-il en dernier lieu,
« Si tôt dire à la vie un éternel adieu ;
« Au printemps de mes jours, et déjà je succombe !
« Plantez de votre main une croix sur ma tombe.
« Mon père, je vous fais une prière encor,
« Prenez soin, après moi, de mon pauvre Médor.
« Si Gabrielle, un jour, cherche mon mausolée,
« Qu'avant d'avoir trouvé sa solitaire allée,

« Et d'un pied sacrilége osé la parcourir,
« Dans la cendre et les pleurs, la faisant refleurir,
« Comme une veuve en deuil et morte pour le monde,
« D'un voile recouvrant sa chevelure blonde,
« L'innocence... » Ces mots terminent son discours:
Il soupire, et ses yeux se ferment pour toujours.
Le bon prêtre, touché, sent couler une larme :
« — Vous, mon Dieu, s'écrie-t-il, que le malheur désarme,
« Qui fîtes le Zéphir et le fier Aquilon,
« Le cèdre du Liban et l'herbe du vallon,
« Regardez sur le coin de ce petit théâtre,
« Et recevez, là-haut, l'âme du pauvre pâtre. »

La tempête s'apaise et les noirs aquilons
S'enferment de nouveau dans leurs sombres prisons.
La nuit devint sereine et, repliant ses voiles,
Laissa voir un front pur et parsemé d'étoiles.
Le saint prêtre accomplit avec un soin pieux,
Ce qu'il promit au pâtre en lui fermant les yeux.
Puis quand tout fut fini, qu'il eut scellé la pierre,
Il inscrivit ces mots que recouvre le lierre :

Absterget Deus omnem lacrymam.

A peine le soleil a révolu son tour,
Que vers le même temps et presqu'à pareil jour,
Un convoi débarquait dans un triste équipage,
Une femme encor loin du but de son voyage.
Un chapeau la coiffait, dérisoire ornement !
Car un mauvais jupon formait son vêtement.
Sur l'épaule on voyait courir sa courte-pointe,
D'une main, par les bouts, elle la tenait jointe.
Plus pauvre à son retour qu'au jour de son départ,
Son bagage tenait dans un petit foulard.
Avant que le convoi se fût remis en marche,
Quelques mauvais plaisants, en veine de bravache,
Rirent à ses dépens sans la moindre pitié.
J'ai vu ce que j'avance et n'ai pas oublié,
J'ai cette scène encor présente à la mémoire,
Et cette ignominie il la lui fallut boire.
Tandis qu'on contrôlait les premiers au bureau,
Elle était à l'écart dans un coin du tableau,
Un treillage de bois formait une barrière;
On voyait, d'un côté, son vieux et pauvre père,
Il tenait par la main un enfant de dix ans.
Leur peine était muette et sans bruyants élans ;

Tous les trois trop émus ne pouvaient rien se dire,
Mais leur air, leur maintien qu'on ne saurait décrire,
Mieux que tous les discours avaient l'art de parler.
(Je sens à ce récit les miens encor couler),
Gabrielle de pleurs inonde son visage ;
Alors le petit Paul, à travers le treillage,
La touche de la main et caresse sa sœur.
Ce langage des yeux, de la main et du cœur,
Fait un effet sur moi qui me va jusqu'à l'âme.
En vain un autre soin au delà me réclame,
Je descendis céans, et laissai le convoi
Emporter les heureux et s'en aller sans moi.
Je me mis à les suivre, et j'appris au village
Ce que j'ai raconté dans mon faible langage.
Gabrielle avait vu, par un destin fatal,
Périr tragiquement l'auteur de tout ce mal ;
Et des brillants quartiers qu'elle habitait naguère,
Elle en était réduite à cacher sa misère.
Son toit de chaume, alors, vint à son souvenir,
C'est cette même enfant que j'y vis revenir.

Depuis, son repentir édifia le monde,

Un voile recouvrit sa chevelure blonde,
Elle alla visiter le tombeau de Louis,
Y sema l'immortelle et les tristes soucis.
Après avoir fermé les yeux de son vieux père,
Avoir marié Paul en lui servant de mère,
Elle voulut finir ses jours dans un saint lieu,
Pour y pleurer sa faute et n'y servir que Dieu.

FIN DU PATRE.

ESSAIS

DIALOGUE D'APPIUS ET DE CLAUDIUS

(LE DÉCEMVIR DÉVOILE A SON CONFIDENT SA PASSION.)

APPIUS.

Dans mes veines quel feu me brûle et me dévore!

CLAUDIUS.

A quels noirs sentiments vous livrez-vous encore?

APPIUS.

Pourquoi nous arrêter?

CLAUDIUS.

Ordonnez, je vous suis.

APPIUS.

Je porterai partout ma peine et mes ennuis;
Demeurons dans ces lieux.

CLAUDIUS.

Quel trouble vous agite?
Que de desseins, chez vous, se succèdent sans suite!
Je ne vous connais plus; depuis bientôt trois jours,
Un désordre inouï règne en tous vos discours.
Tantôt, près d'éclater, votre sombre colère
Des Romains révoltés évoque la chimère;
Tantôt c'est un tribun qui s'arme contre vous;
Tout à coup sur le camp tourne votre courroux;
C'est de là que doit fondre une tempête horrible,
Nourrissant dans ses flancs un vengeur invisible.
Qui le croirait, ô ciel! et devais-je le voir?
Enfin vous menacez d'abdiquer le pouvoir.
Tenant dans votre main la suprême puissance,
Vous vous plaignez encor de votre dépendance.
Tout le monde vit libre et vous seul enchaîné;
Vous voudriez moins grand sur la terre être né.

APPIUS.

Le sol tremble sous moi, je suis sur un abîme
Dont le sein entr'ouvert attire sa victime.
Déjà je n'y vois plus, ma tête s'étourdit...
Dieux puissants, dissipez cette profonde nuit!
Je ne suis pas, hélas! de ce crime coupable,
Il m'apparaît encor sous un jour effroyable.

CLAUDIUS.

De quel forfait si grand entendez-vous parler?
Quel est ce crime affreux qui vous ferait trembler?
D'un peu de sang versé, s'il était nécessaire,
Quoi! n'oseriez-vous pas en arroser la terre?

APPIUS.

Les jugements humains ne m'inquiètent pas,
Je sais ce qu'il convient pour asseoir les États :
Souvent d'un sang impur il faut purger les hommes,
Et le peuple, après tout, nous fait ce que nous sommes.
Son esprit inconstant et superbe à la fois
Veut être contenu par de sévères lois.
Et ce n'est qu'à ce prix que les rois de la terre
Partageront des dieux la puissance première.
Souviens-toi que je fis, par la main du sénat,
Frapper d'un coup mortel l'odieux tribunat;
Que je fis à son tour, en flattant le vulgaire,
Par le peuple, tomber le pouvoir consulaire;
Que sur ces deux débris dressant les décemvirs,
Je sus habilement couronner mes désirs;
Qu'à mon gré la loi parle ou garde le silence;
Je veux éterniser avant tout ma puissance.
Cependant on s'étonne, on tremble tour à tour,
Trompés pour le pays par un aveugle amour,
Et des républicains osant suivre la trace,
Déjà lèvent le front Valère avec Horace :

A l'un, en plein sénat, j'ordonne de s'asseoir,
Les sénateurs honteux n'osèrent plus me voir;
A l'autre, en l'écoutant, et pour mieux le confondre,
Bravant tous ses discours, j'ai bien voulu répondre;
Je combats à la fois Coclès, Cincinnatus;
Et, semblable aux rochers par les vagues battus,
J'oppose à leur fureur un front inébranlable,
Et là s'est dû briser cet effort formidable.
J'ai d'un noble vieillard dédaigné les avis;
Ceux de l'ambition je les ai seuls suivis.
Dans Rome, de dix chefs partageant ma puissance,
Tous ont dû sous mes lois se ranger par avance
Surprenante merveille et spectacle nouveau,
Enfin, la république étouffée au berceau (1).
Tu verrais bien assez, en lisant dans ma vie,
Que le pouvoir ne peut affaisser mon génie.

CLAUDIUS.

Qui, ravi plus que moi d'un juste étonnement,
Vous a vu sous ce poids grandir subitement!

APPIUS.

Cependant je suis homme et par là vulnérable,
Je nourris dans mon cœur une flamme coupable.

(1) La forme républicaine était alors pour les Romains ce qu'est aujourd'hui pour nous la forme monarchique.

Une humble plébéienne aux attraits séduisants,
Au Forum m'a blessé par ses charmes naissants.
Je l'aperçus passer d'une esclave suivie,
Je la fixai d'abord ; mon âme en fut ravie.
J'admirais son air simple et sa rare beauté,
Qu'embellit de ses traits l'aimable pureté,
Peut-être est-ce l'effet de l'imposant spectacle,
(J'interprétais les lois et j'en rendais l'oracle) :
Tout à coup sur moi-même elle leva les yeux,
Je la crus un instant une beauté des cieux.

CLAUDIUS.

Quoi ! seigneur, vous aimez ?

RÉCIT PAR L'UNE D'ELLES

AUX COMPAGNES DE VIRGINIE,

D'UN SACRIFICE OU LE GRAND-PRÊTRE A PRÉDIT L'AVENIR.

Pour Rome et ses enfants levez vos mains aux cieux,
O surprise, ô miracle, ô langage des dieux !
Surtout écoutez-moi dans un profond silence,
Craignez de me troubler par votre irrévérence ;

C'était l'heure où le prêtre, en montant à l'autel,
Vient offrir la victime au Dieu puissant du ciel ;
Tout le peuple à genoux et la tête baissée,
Aux pieds de l'Éternel abîmait sa pensée ;
Par la main du pontife, au sein du noir agneau,
Déjà s'était plongé le pur et saint couteau ;
Mais à peine en vit-on surmonter la fumée,
Que le prêtre aussitôt, d'une voix animée,
(Tel, à Cumes, le Dieu dévoile l'avenir) :
— « Quel malheur, a-t-il dit, va bientôt survenir?
« Je vois à l'horizon se former des nuages,
« Et j'entends des Romains les frémissants courages ;
« Ils brandissent le fer, et d'un pas assuré...
« O ciel !... Mais de quel sang le sol est coloré ?
« Où se pressent les flots de ce peuple en alarmes?
« Que vient-il arroser de ses pieuses larmes ?
« Quel est ce char funèbre, où va-t-on le porter ?
« Chacun, à pleines mains, accourt pour y jeter
« Et le lys de la vierge et la fleur immortelle
« Qui croît aux sombres bords de la vie éternelle .
« O puissant Jupiter, ô divine Vénus !
« O vaillant fils de Mars, immortel Quirinus !
« L'implacable Junon, des descendants d'Énée,
« Veut-elle de nouveau troubler la destinée ?
« Que nous réserve-t-elle et quel est son dessein ?
« Quoi ! son ressentiment vit encor dans son sein !...
« Mais non, réjouis-toi, terre de Lavinie,
« Antique Latium, riche et belle Ausonie.

« O monts, ô mers, ô rive, ô champs aimés des dieux !
« J'entends de tous côtés des hymnes glorieux ;
« Un Dieu qui nous protége a chassé la tempête,
« Rome plus fière encor dresse sa noble tête ;
« Et sur ses vastes flancs je la vois s'agrandir,
« Elle marche en géant dans les temps à venir.
« On ne peut plus compter ses guerriers innombrables,
« L'ennemi manque enfin à ses coups redoutables.
« Que de grandeur, de gloire empreinte sur son front,
« Le monde de son sceptre est l'immortel fleuron ! »
— Mais sa voix, à ces mots, sur ses lèvres expire,
Et ses yeux dans les temps avaient fini de lire.
Le peuple était encor dans le temple à genoux,
Lorsque je m'empressai d'accourir jusqu'à vous.
Que doit nous annoncer ce surprenant présage ?
Devons-nous espérer ou craindre davantage ?
Devons-nous voir encor quelque nouveau malheur,
Ou devons-nous, enfin, voir luire le bonheur ?
O vous, Dieux immortels, vous qui protégez Rome,
Vous que jamais en vain au malheur on ne nomme,
Vous qui voyez d'en haut tous les faibles humains
Et tenez notre sort dans vos puissantes mains,
Jetez, jetez sur Rome un œil doux et propice,
Et que se lève enfin le jour de la justice.

SONGE DE VIRGINIE

(RACONTÉ PAR ELLE-MÊME A SA NOURRICE.)

Pourtant, écoute ; et cherche à lire dans mon sort ;
(De me trop effrayer peut-être ai-je le tort ?)
La nuit était du ciel à peine descendue,
Sur mon lit virginal je m'étais étendue,
Et d'un profond sommeil je goûtais la douceur,
(Je sens à ce récit renaître ma frayeur) :
Tout à coup devant moi je crois voir apparaître,
Venant des sombres lieux, quelque spectre peut-être?
Je regarde tremblante, et se dessinant mieux,
Sous des habits de deuil se fait voir à mes yeux
Une femme !... Ses traits avaient de la noblesse,
Mais son front se voilait sous un air de tristesse ;
On voyait sur son sein de blancheur éclatant,
Une plaie à l'endroit de son cœur palpitant.
L'ombre approche de moi (je suis épouvantée) ;
Je veux fuir, mais en vain, je me sens arrêtée ;
Une force inconnue a suspendu mes pas.
Alors d'une voix douce : « — Écoute et ne crains pas,
« Me dit-elle, je viens animer ton courage,
« T'inspirer une force au-dessus de ton âge.
« Sois toujours grande et noble et tu triompheras ;
« Ma gloire, dans le ciel, tu la partageras.
« O pure et chaste enfant ! tu seras plus heureuse,

« De sa bouche, jamais l'haleine vénéneuse
« Ne souillera ton âme et ta chaste beauté.
« Vois ce gage assuré de ta virginité... »
— Elle tire soudain une lame sanglante,
Je me vis à l'instant de mon sang dégouttante...
Il s'échappait à flots, les coups avaient porté,
Et m'avaient par deux fois entr'ouvert le côté.
J'étouffais ; lorsqu'un cri jeté par l'épouvante
Me fait en m'éveillant me dresser frémissante.
Je me lève aussitôt cherchant de tous côtés,
Mais mon cœur, seul, battant à coups précipités,
Interrompait l'horreur d'un effrayant silence,
Je me suis retrouvée en ma seule présence ;
L'ombre avec le poignard tout avait disparu,
La nuit aussi s'enfuit et le jour a paru.

RETOUR DE VIRGINIUS DU CAMP

(A LA NOUVELLE DE L'ATTENTAT D'APPIUS.)

......Ma fille !... ah ! qu'ai-je donc appris ?
Ces murs mêmes, ces murs en paraissent surpris !
O malheureuse enfant, ô ma fille si chère,
Quel opprobre éternel pour le front de ton père !

Au courroux qui s'élève et bouillonne en mon cœur,
L'abîme de la mer nourrit moins de fureur.
Quoi ! j'aurai tant de fois sacrifié ma vie
Pour voir ma fille en butte à cette ignominie !
O Rome, tu le sais, au milieu des combats,
Pour le verser mon sang, je ne reculai pas.
Pour toi, que n'ai-je fait ? s'il reste un sacrifice,
Eh bien, conduis ma main et qu'elle t'obéisse ;
Exauce ma prière en ces tristes instants,
Rome ne manque pas de m'inspirer à temps !

IMPRÉCATIONS DE VIRGINIUS

APRÈS AVOIR IMMOLÉ SA FILLE POUR LA SOUSTRAIRE AU DÉSHONNEUR.

VIRGINIUS A APPIUS.

Eh bien ! donc, viendras-tu pour prendre ta victime ?
Mon sang ne sera pas l'instrument de ton crime ;
Moi-même je l'arrache à ta coupable main.
Vois, vois si je suis père et si je suis Romain.
O tyran impudique autant qu'impitoyable,
Ciel vengeur ! prête-moi ta foudre redoutable ;
Que j'en frappe l'auteur de mes horribles maux :
Appius, je te voue aux esprits infernaux !

Ton arrêt te surprend au sein de ton ivresse,
Le sang est répandu de cette autre Lucrèce!
Et je cours de ce pas l'annoncer aux deux camps,
C'est dans Rome qu'il faut défendre nos enfants.

UN JEUNE POETE

S'ANIMANT AU DÉBUT DE LA CARRIÈRE.

Partez, jeunes enfants de ma muse naissante,
Je ne vous retiens plus sur la pente glissante;
Mêlez-vous dans la lice au plus fort des combats,
Entrez-y le front haut, et ne rougissez pas.
De quoi rougiriez-vous ? d'une obscure origine ?
Vous n'avez pas de nom dans la langue divine ?
Vous n'êtes appuyés sur aucun bras puissant,
Ni précédés de loin d'un bras retentissant ?
Du temps, en vains soucis, épargnez-vous la perte,
A tous les combattants la carrière est ouverte.
De l'état le plus libre en ce vaste univers,
Vous allez aborder les rivages divers.
Ne faites pas sonner la trompette d'avance,
Craignez d'un bruit pompeux la superbe imprudence;
Ne vous entourez pas d'un éclat emprunté,
Ne dites, ne montrez rien que la vérité,

D'honneur en ce pays le monde encor se pique,
Des nobles chevaliers on suit la trace antique.
Il faut à la valeur joindre la loyauté,
Que le prix soit par vous avec gloire acheté !
C'est par là seulement que sur ce fier rivage,
Vous pouvez signaler votre jeune courage.
Mais, déjà, je vous sens, impatients du frein,
Secouer avec force une importune main ;
Aux éclats répétés des chants de la fanfare,
Vous avez tressailli, le combat se prépare.
Conquérez une place en ces nobles États,
Partez, soyez vainqueurs, ou ne revenez pas.

PIÈCES ÉLÉGIAQUES

I.

Et dans l'âme coupable et dans l'âme innocente,
S'allume également l'inévitable amour,
Mais dans l'une, pareil aux premiers feux du jour,
Il est doux, il est tendre, et ses flammes sont pures,
Il blesse tout ensemble et guérit ses blessures ;
Dans l'autre, plus ardent que le soleil en feu,
Lorsque de sa carrière atteignant le milieu,
Il darde ses rayons sur la terre brûlante,

Il engendre une soif sans cesse renaissante ;
Il altère, il irrite, il consume le cœur,
Il promet, mais jamais ne donne le bonheur.
Vous avez ressenti son funeste ravage,
Lorsqu'aux bords africains, sous un antre sauvage,
Vous mêliez vos soupirs aux eaux tombant des monts,
Au fracas des rochers roulant dans les vallons,
Au murmure des vents, au bruit sourd des tonnerres,
Et consommiez ainsi de coupables mystères,
O vous, jeune héros, issu du sang troyen,
Qu'il vous fallut d'efforts pour rompre ce lien !
Enfin vous désertiez les bords de la Lybie,
Et les dieux satisfaits vous donnaient Lavinie.

II.

O vous, jeune beauté dans ces lieux souveraine,
Suspendez vos pas un moment ;
De la fête, les airs retentissent à peine,
Calmez un inquiet amant.

Depuis que radieuse à la voûte étincelle
La blonde étoile de Vénus,
Dans les détours du bal je cherche la cruelle,
Mais, hélas ! mes pas sont perdus.

Si vous la rencontrez se mêlant dans la danse,
A l'aimable essaim de vos sœurs,

Conjurez-la, prenant pitié de ma souffrance,
De venir essuyer mes pleurs.

Sur sa bouche de rose erre un léger sourire,
Ses yeux brillent comme le jour,
De suite, sans combat, on cède à leur empire,
Blessé par les traits de l'Amour.

J'en atteste le ciel ! non, rien dans la nature,
Ne pourrait être comparé
Aux soupirs que je pousse, aux tourments que j'endure,
Depuis que j'en suis séparé.

FIN.

IMP. DE L. TINTERLIN ET Ce, RUE NEUVE-DES-BONS-ENFANTS, 3.

www.ingramcontent.com/pod-product-compliance
Ingram Content Group UK Ltd.
Pitfield, Milton Keynes, MK11 3LW, UK
UKHW020321220726
13923UKWH00003B/1282